Zaida Corniel

Para adolescentes, premenopáusicas y especialistas de la salud

(cuentos)

artepoética press

Nueva York,
2019

Colección
Rambla de Mar

Title: Para adolescentes, premenopáusicas y especialistas de la salud (cuentos)

ISBN-13: 978-1-940075-67-9
ISBN-10: 1-940075-67-X

Design: © Carlos Velasquez Torres
Cover & Image: © Jhon Aguasaco
Ilustrations © Oriana Lineweaver

Editor in chief: Carlos Velásquez Torres
E-mail: carlos@artepoetica.com
Mail: 38-38 215 Place, Bayside, NY 11361, USA.

© Para adolescentes, premenopáusicas y especialistas de la salud (cuentos), Zaida Corniel, 2019
© Para adolescentes, premenopáusicas y especialistas de la salud (cuentos), for this edition Artepoética Press, 2019.

Zaida Corniel

Para adolescentes, premenopáusicas y especialistas de la salud (cuentos)

Colección
Rambla de Mar

Contenido

*A mi abuela Ana Rafaela Rosa Torres por los
años que no alcancé a conocerla*

Nota introductoria

Esta colección de relatos se fue tejiendo en distintos momentos de mi vida. Los textos escritos durante los años ochenta, durante mis inicios literarios, desaparecieron entre mis dedos después de tanto manosearlos o simplemente ya me son ajenos. Ahora que me despojo de cierto recato literario, me atrevo a publicar los cuentos más recientes y algunos que vieron la luz en los años noventa y en el nuevo milenio en revistas y antologías ("Testamento de una suicida", "La palabra", "Yo no la maté" y "Salsa de camarones al ajillo").

De apellidos, sapos y puercos

Mi abuela Eulalia llegaba a casa de los Duarte Rivera todos los lunes temprano. Allí trabajaba como lavandera y planchadora desde que tenía uso de razón, ya casi la memoria no la alcanzaba. Lo que sí sabía era que su madre la había empezado a llevar a esa casona para que la ayudara en esa interminable tarea que empezaba por la madrugada y terminaba a la caída del sol cuando dejaban las camisas planchaditas y almidonadas, y los pantalones con el filo bien marcadito colgados en sus perchas en la sala del comedor, como siempre le recalcaba su madre. Nunca pasaban a los aposentos.

Los Duarte Rivera habían tenido 13 hijos, seis varones y siete hembras. Niní, la mayor, se quedó con mi abuela cuando casó con don Froilán González. Decía que la había "heredado" junto a la casa paterna donde mi abuela permaneció hasta su muerte y, para desgracia de todos, con ella luego se quedó permanentemente mi madre. Como resultado de esa decisión ahora existo yo, la hija natural de don Froilán, la que supo de sus orígenes apenas unas horas antes de su boda. Mi madre siempre me dijo que mi padre había desaparecido. Como vivíamos tiempos muy peligrosos —antes la gente desaparecía por cualquier comentario en contra del gobierno—, yo nunca lo puse en duda. Eso no era extraño, yo tampoco había conocido a mi abuelo, así que no me sorprendía. Lo que sí me parecía raro era que un hombre formara parte de mi vida ahora que me casaba con un muchacho de "buena familia", Ernesto Guzmán. Su familia tenía un almacén de comestibles y él trabajaba con su padre. Siempre lo veía detrás del mostrador cuando iba a hacer los mandados y un día, para mi sorpresa, se ofreció a llevarme él mismo la compra hasta la casa. Mientras caminábamos juntos se me declaró. Yo estaba medio incrédula y turbada porque era impensable que un joven de su categoría se fijara en una muchacha como yo. Pero tanta fue su insistencia que le di mi consentimiento y terminé enamorándome de él como solo una puede hacerlo a los 16 años. Al principio de nuestra relación muchos pensaron que él solo me quería para relajo. *Un joven como él no se va a fijar en una sirvientica como tú*, me decían las hijas de doña Niní cuando venían de la capital. Luz, la mayor, me quería llevar con ella desde hacía tiempo, no sé cómo pude zafármele, porque esa era la costumbre. Pero es que muchas cosas empezaban a cambiar para ese entonces.

Como este día en que mi tía Carmen me peina y maquilla para irme a encontrar con Ernesto en el altar. Aunque estoy contenta, siento que mamá no esté aquí para verme. Ella murió el año pasado de un infarto fulminante, no nos dio tiempo a nada. Ese día no se levantó a preparar el desayuno, como de costumbre, y me di cuenta de que estaba muerta cuando doña Niní vino al cuartico donde dormíamos dando gritos de que las trabajadoras se creían las señoras de la casa. Tan joven y tan linda mi madre. Solo tenía 40 años cuando murió. No podía dejar de llorar al pensar en ella, siempre se le veía tan triste y cabizbaja. Mientras me maquillaba, tía Carmen me limpiaba las lágrimas y me decía que ella estaba ahí conmigo, cerquita. Tan buena la tía Carmen, nunca tuvo hijos porque enviudó a los pocos meses de juntarse con su marido. Se lo mataron hacía unos años durante una movilización estudiantil contra el gobierno. Pero él no era político ni nada, una bala perdida lo alcanzó cuando miraba por la persiana a los estudiantes que gritaban enardecidos, "Balaguer, asesino del poder". Desde entonces la tristeza de tía Carmen se había transformado en una fuerza desconocida por ella misma. No me explico cómo había encontrado un traje blanco, un velo y una corona para mí, y, más aún, me celebraba la boda. Sus vecinas tan pronto supieron de mi compromiso actuaron como si fueran ellas las que se casaban. Hicieron de tripas corazón para que yo caminara con la dignidad que merecía. Eres la primera que se casa por la iglesia en esta familia, hay que hacer el esfuerzo, decía mi tía. Además Ernesto y su familia nos habían ayudado bastante con los preparativos. Los González Rivera, a su vez, nos dieron un puerco que asamos en puya en el patio. Doña Niní, tan pronto se enteró del *casorio*, solo expresó su sorpresa de cómo habían cambiado los tiempos, porque *las sirvientas antes se iban por las palmas*. Por eso me sorprendió que don Froilán apareciera por mi boda. No se podía pasar a la habitación donde tía Carmen me preparaba, pero como era don Froilán no se pudo evitar que este solo preguntara ¿puedo? y, sin esperar respuesta, prontamente rodara las cortinas que hacían de puerta y pasara al dormitorio. Tuve una sensación extraña de ver a don Froilán con su sombrero panamá dándole vueltas entre las manos. Parecía nervioso. Era la primera vez que lo veía dudando. Siempre me había parecido un hombre decidido. Lo veía caminar resuelto por el patio, entre los trabajadores, mandando aquí y acullá. Ahora miraba a este viejo tembloroso frente a mí con su sombrero en la mano y que no sabía donde poner la mirada. Tenía mucho miedo de lo que me iba a decir. Pero él arrojó la frase que le quemaba la lengua:

-Eulalia, te vas a casar con un hombre de buena familia y vengo a ofrecerte mi apellido. Soy tu papá.

¿Yo, su hija? La que recogía y lavaba las bacinillas rebosadas de miao debajo de las camas de sus hijos; la que limpiaba los vómitos de sus hermanos resacados; la que estregaba los vestidos y trajes de los señores hasta que le sangraban los nudillos de los deditos; la que comía las sobras en un rincón de la cocina, mientras ellos disfrutaban de los platos que ella con las demás cocineras había preparado en el fogón de leña; la que huía de las manos largas de sus hermanos que querían agarrarle las nalgas y las teticas. Así vivió durante años y guardó silencio hasta hace unas horas, cuando este viejo, don Froilán, vino a ofrecerle su apellido. Entonces una marejada de humillaciones y rencores le salió por la boca como sapos verdosos y babosos que saltaban en la cama blanca, blanquísima, que había decorado su tía para la ocasión. Sentía que las palabras le almidonaban la lengua que luchaba por moverse, por decir la palabra justa, adecuada. Miraba cómo los dedos de don Froilán apretaban los bordes de su sombrero y volvió a revivir su existencia en la sombra. Solo que ahora era su madre la que gritaba en silencio en el cuartico del patio donde dormía, a unos metros de la casona, después que don Froilán la había tumbado detrás del almacén y, sin mediar palabras, se lo había metido mientras le tapaba la boca que se había quedado tiesa porque después de todo los González Rivera la habían heredado.

-Saquen a ese viejo de aquí y al puerco en puya tírenlo frente a su casa. Fue lo único que pude decir. Me costó decirlo, pero lo dije, y ahora camino hacia el altar con un solo apellido, Martínez, el de mi madre.

Ilustración: Oriana Lineweaver

El espaldarazo

El doctor José Almonte había llegado temprano a la cita. Se sentó en el interior del café, en la mesa más apartada, lejos del bullicio de los turistas, los sanky pankies, las putas, los buscavidas, los intelectuales, los escritores y los poetas. Aquellos últimos representaban fielmente su papel de autores parisinos bajo la resolana de un agotador calor de mediados de agosto en el Caribe. Algunos *habitué*, incluso, llevaban bufandas tiradas sobre sus cuellos sudorosos, como al descuido; otros, la consabida boina ladeada que les daba un aspecto de revolucionarios trasnochados. El eminente crítico de la literatura dominicana vestía con una guayabera blanca y pantalones grises, y sus lentes de montura dorada brillaban con la luz de la lámpara que se proyectaba también sobre su calva. Los intelectuales, escritores y poetas lo miraban de reojo, pero no se atrevían a traspasar aquel espacio, porque todo indicaba que el destacado crítico no quería hablar con nadie.

Luego todos supieron el porqué. Una muchacha de pelo revuelto y larga falda blanca en volanda se le acercaba. El doctor Almonte le sonreía ampliamente revelando un diente de oro en el lado izquierdo que antes nadie había notado. La muchacha también le sonreía tímida y, mientras caminaba hacia él, apretaba contra su pecho un fajo de papeles dentro de un fólder morado. El doctor Almonte se puso de pie y la recibió con un beso en la mejilla. La muchacha se sentó y un mozo vino de inmediato. Dos cervezas les acercaron a la mesa. Y, después de brindar por el encuentro y el nacimiento de una poeta, la muchacha empezó a leer:

Yo, acostada en la arena

Las olas me bañan

Y recogen mi esencia salina

Me golpean

El eminente crítico miraba el nacimiento de los senos de la muchacha que le leía aquellos versos marítimos que le mareaban a él el entendimiento —y cómo movía la lengua aquella muchachita, con la que a veces se mojaba los labios carnosos y pintados de un color café intenso—. Ahora ella lo miraba a él buscando su aprobación. Había terminado la lectura que él ni siquiera había seguido. ¿Qué le parece? Bien, bien, muy buenos, son excelentes. Yo creo que tú tienes mucho talento. Debes venir a las tertulias que hacemos una vez al mes. Allí conocerás a otros jóvenes como tú. Sí, ¿usted cree? Yo a veces no estoy segura si soy escritora. Claro que lo eres corazón, además tienes ojos de poeta. Eres una musa que arroba los sentidos del más sensible creador. Ahora la muchacha ladeaba un poco la cabeza, sentía vergüenza de tantos halagos. Pero le agradaban aquellos cumplidos, sobre todo viniendo del reconocido crítico doctor José Almonte. Creo que debemos ir a un lugar más callado, recogido, para seguir hablando de tus poemas, la interrumpió él de pronto. La muchacha por un momento titubeó, pero no quería ser grosera con el doctor Almonte, así que accedió a su invitación y, sin más, se vio montada en su yipeta Land Rover gris en menos de un minuto. Tuvo que esperar antes de montarse para que él recogiera los libros del asiento. Había muchos libros, también en el asiento trasero. Ya sabes, siempre cargo con una biblioteca. Imaginaba al doctor Almonte leyendo hasta en sus sueños, era un hombre muy culto, se había leído todo y además había viajado muchísimo, como le gustaría a ella hacerlo. En eso pensaba cuando se dio cuenta que ya habían salido del casco histórico de la ciudad y ahora cruzaban el puente hacia el otro lado. Manejaron mucho más allá del puente cuando alcanzó a ver el letrero luminoso del motel. El corazón le palpitaba deprisa. No sabía qué hacer, qué decir, sin ofender al doctor Almonte.

Cuando entraron al motel, ella permaneció en el vehículo. El doctor Almonte le dijo entonces: "Ven, no te pasará nada. Solo vamos a conversar de tus poemas en un ambiente más íntimo. Además es importante para tu trabajo poético conocer estos lugares. Todo poeta que se precie debe vivir este tipo de experiencia". La muchacha titubeó, pero, de nuevo, no podía dudar de tan excelsa figura como la del doctor Almonte. Así que se bajó del vehículo y entró a la habitación. El doctor Almonte de inmediato se excusó y pasó al baño. Por un momento ella sintió un ligero mareo y tuvo que sentarse con el fólder morado apretado contra su pecho. De pronto el académico, crítico, escritor y poeta doctor José Almonte salió en calzoncillos. Así, sin más, sin la formalidad que lo caracterizaba. Ahora, semidesnudo, la muchacha vio con horror su piel arrugada, los escasos pelos que le sobresalían sobre el pecho y semejaban una mancha oscura y peluda. Él sonreía, sobre todo le sonreía. No era pendeja para no darse cuenta de la situación. El doctor Almonte ahora venía hacia ella. Pero ella ya no le tenía respeto. Qué respeto se puede tener cuando se ve a un hombre en calzoncillos y con las tetillas colgando. No te pongas así, le dijo, si quieres ser una verdadera poeta debes experimentar situaciones extremas y sórdidas como estas. ¿Te has leído a Anaïs Nin, Marguerite Duras?, le susurraba el Dr. Almonte al oído con acento francés. Además aquí fundiremos nuestra esencia poética, revelaremos nuestro ser interior. Ahora la tomaba de la mano y la apretaba contra su pecho. A ella de pronto se le entró un sopor, un vahído, no sabía qué era. Sentía que su cuerpo no respondía a su deseo. Quería salir, pero permanecía estática allí dejando que el Dr. Almonte le acariciara los senos. Se dormía, sentía que se dormía. Parecía que no iba a poder escapar. Además la puerta estaba cerrada. Si gritaba no estaba segura de que pudieran escucharla.

Salsa de camarones al ajillo

El teléfono timbró. Dentro de ella no cabían más que vacíos espesos. Tomó el auricular con dejadez. Otra llamada equivocada. Desde hacía años nadie la llamaba para sostener una conversación; solo algunas madres para que fueran con los niños a la piscina o al parque. Las mañanas eran largas, inmensas, en esa soledad que la carcomía por dentro hasta dejarla seca. Otra llamada equivocada, pensó, y se fue a mover la salsa sobre la estufa.

A pesar de que la niña ya iba a la escuela no podía concentrarse en nada durante las mañanas como no fuera hacer la comida y contar los minutos que faltaban para recogerla. Estaba tan consciente de su vacío interior que a veces tenía miedo de caer en un pozo sin fondo.

Ese día Mariana vendría a visitarla para pasar el fin de semana juntas. Hacía dos años que no se veían y Alicia estaba ansiosa con el encuentro. Amigas durante su época universitaria, compartían casi todos los gustos:

el cine, la lectura, los paseos junto al mar. Ahora solo podían verse de forma esporádica.

El frenazo del vehículo en el parqueo la invadió de satisfacción. Miró por la ventana y la vio: alta, delgada, con su pelo rizo que le caía hasta los hombros y ese andar despreocupado de las que saben donde se dirigen.

Alicia asomó a la puerta. Sintió que no podía dar un paso más. Esperó allí, mientras sonreía con una alegría que no sabía describir. El efusivo abrazo de Mariana la zarandeó y su risa de xilófono la devolvió al pasado. Era la inconfundible carcajada de Mariana. En el campus univesitario era esa, junto a su pelo rizo, su marca de "fábrica", aquello que la hacía inconfundible. Eran tiempos en lo que todo era posible y los sueños no parecían tan inalcanzables. La mata de mango, punto de sus encuentros en la facultad de Humanidades, estaría todavía en el mismo lugar, impasible, escuchando a otras dos muchachas como ellas que siempre volverían.

--No lo creo, tu casa está perfecta. Hasta podrías comer en el piso. ¡Alicia..!

--Bueno, hago lo que puedo. Ya sabes, la niña descompone todo. Ensucia las paredes y cuando estamos comiendo...

--Alicia, ¿pero de qué hablas? ¡Oye mujer, creo que deberíamos vernos más a menudo!

-Sí. ¿Un café?

-Como siempre.

Sentadas en la cocina por primera vez se miraron a los ojos. Alicia sentía una alegría diluida, confusa. Quizá esperó demasiado este encuentro. Sentía vergüenza de sí misma. ¿Era que cinco años de casada suponían tanto tiempo? Mariana hablaba ahora de sus proyectos: escribía un libro de cuentos que pensaba publicar el año próximo; iría a Barcelona por tres meses a un curso de periodismo; muy ocupada, el trabajo en el periódico no le daba tiempo para reunirse con los amigos; salía con alguien, pero nada serio.

--¿Y tú?

--Ocupada con la niña, los quehaceres de la casa, el cansancio, la soledad, la conciencia de que el tiempo me pasa por encima así...

Mientras hablaba, Alicia se alisaba el pelo crespo y corto con las manos. Era un movimiento mecánico, casi inconsciente. La mirada de Mariana le molestaba.

--Tengo que buscar a la niña al colegio --se disculpó--. ¿Quieres venir?

--Sí, claro.

Mariana pensaba que Gabriela era una niña encantadora, con sus tres años brotándoles por la piel. El trayecto de vuelta a la casa lo pasaron hablando de la escuela y cantando "Los pollitos" y "Pimpón".

Ya José Miguel estaba en la casa cuando llegaron.

--Qué bueno verte otra vez Mariana. Si estás igualita. Y qué interesante tus artículos, siempre los leo. Aquí te guardé unos libros muy buenos, que sé que te gustarán.

Alicia se fue directo a la cocina. Echó los espaguetis en el agua hirviendo, probó la salsa de tomates que ya tenía horas cociéndose lentamente (así quedaba mejor, un poco más espesa, le enseñó su vecina italiana), añadió los camarones previamente salteados en el ajo y movió todo de nuevo con una cuchara de madera. La espesa salsa cubrió los camarones que sobresalían en cada ebullición. Hacía calor. Los camarones se le tornaron de pronto bichos raros pugnando por salir de un pozo sin fondo. Justo en ese momento la atacó el dolor en el estómago. Su boca se llenó de asco; un asco total. Salió de la cocina con la esperanza de que el aire del salón la rescatara del malestar que la invadía. Allí estaban ellos: Mariana sentada sobre el sofá en posición de loto, tejía historias con su voz de contralto; José Miguel, sentado en la otra esquina del mueble, la escuchaba con una atención que hacía mucho tiempo había dejado de prestarle a ella; Gabriela estaba detrás del sofá, callada. Mariana se acercó y vio la causa de su silencio: las pequeñas manitas garabateaban con rapidez las páginas de su diario. Alicia se lo arrebató.

--¿Pero qué haces Gabriela? ¡José Miguel!, ¿por qué nunca prestas atención? ¡Odio que toquen mis cosas. Aquí nadie respeta mis cosas, mi espacio, mi tiempo..!

El olor de los camarones inundaba la sala. Alicia sintió que ya no podía aguantar más. José Miguel y Mariana la miraban   sorprendidos. Veían a una mujer grande, con un vestido ancho y el pelo prendido en flecos, que gesticulaba de forma aparatosa y sin ningún sentido. Alicia quería prenderse de su amiga Mariana, pero Mariana estaba tan lejos...

--Permiso, voy a vomitar –gritó abandonando la sala.

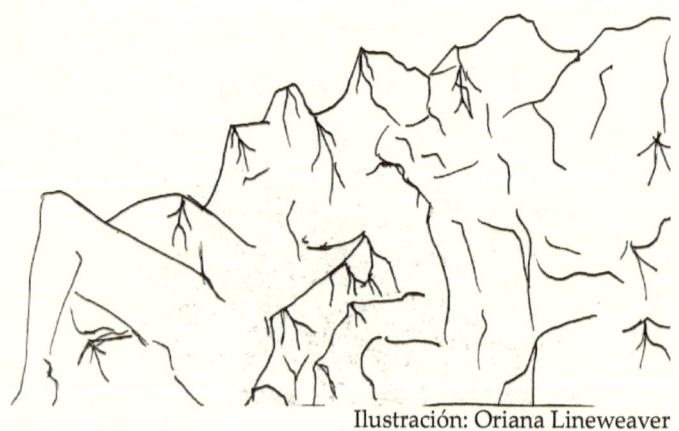
Ilustración: Oriana Lineweaver

París suite

Desde que se conocieron habían sostenido una comunicación trunca, a través de mensajes de textos entrecortados y no exentos de silencios y contradicciones; llamadas telefónicas (eran las menos) y unos cuantos encuentros en parques y cafés de la ciudad. Ahora, después de varios meses de haberse conocido, estaban en la habitación de un hotel, el cual habían elegido por el nombre y porque los conectaba convenientemente con sus respectivos trabajos a la mañana siguiente. *París Suite*. La selección la había hecho ella, siempre buscando situaciones y temas literarios que nunca alcanzaba a plasmar en las páginas. *París Suite*, había dicho. *Mon amour, Torre Eiffel, amantes, romances*. Qué mejor lugar que este para consumar la pasión que los venía pinchando desde hacía casi un año. Como siempre, ella no sabía cómo ubicar la dirección en el Iphone –es que era tan despistada–. Finalmente él buscó en su propio teléfono mientras conducía, y, entre apasionado y medio incómodo por la situación, se dejó llevar por la urgencia del pene que se le levantaba a través del pantalón y la euforia de aquella mujer que no había vivido pasión alguna desde hacía más de tres años. Qué más da, se dijo. Luego de él haber tocado en aquel bar de Manhattan, donde ella lo había medido, olido, sentido e imaginado, la noche invitaba a dejarse llevar por el deseo de esta mujer cincuentona que todavía se empecinaba en perseguir la pasión. Qué más da. *Torre Eiffel, allá está la réplica, es el hotel. Mira, que en los reviews dicen que hay un chino pesadísimo, así que preparémonos.* La luz fosforescente de aquella réplica patética de la torre parisina sentaba el tono del encuentro y establecía el juego. Esto no es más que una mascarada, se dijo. Ya adentro, ella miraba el entorno en busca de temas para su próximo cuento. ¿Era que ya no podía sentir pasión? Aquel hombre era mucho más joven que ella, le gustaba y ahora estaba ahí para ella solamente. Sin embargo, algo raro sentía, estaba fría, tratando de grabar cada detalle, segura de que aquella noche más que en pasión culminaría en una experiencia literaria. El vestíbulo no podía ser más kitsch y con pretensiones barrocas. De golpe pensó en Alejo Carpentier y se sintió culpable de ser tan intelectualmente comemierda. Imaginó que ese sería el tipo de escenario que el escritor cubano describiría. Una pecera grande, con el agua turbia y enrarecida, en pleno centro del lobby, le trajo también a la memoria al cronopio de Cortázar (¿podría, por ejemplo, ella transfigurarse en aquel pez?).

En la recepción un joven con rasgos orientales, con cara de pocos amigos, y que ni siquiera articulaba palabra alguna, solo gestos, recogía la información de los huéspedes. Mientras su pareja firmaba la ficha de registro ella continuaba deambulando por el lobby y los pasillos contiguos. Alrededor había esculturas de yeso alusivas a Grecia, China, Japón y Medio Oriente. Un orientalismo total. Lámparas lacrimosas se esforzaban en crear un ambiente elegante. En otras palabras, el ambiente oscilaba entre la elegancia y el puterío. Pero estamos en París.

Subieron al cuarto piso. Tan pronto entraron a la habitación todo se desencadenó de manera rápida. *Quítate eso*, había dicho él para pedirle que se desnudara. Casi, sin que se diera cuenta, ella lo tenía a él dentro, muy adentro. Cuando la penetró había sentido como si esta fuera su primera vez. No había pensado en que su cuerpo desde hacía meses daba señales de cambios (calor, mucho calor cuando todos los demás tenían frío, aumento de peso inesperado, el vello del bigote que ahora le crecía más rápido que antes). No, no había pensado en eso. Cuando él entró de golpe, el dolor la sorprendió. ¡Cuánto dolor! Estaba seca por dentro. Él parecía no darse cuenta y seguía, ella se quejó pero él le pidió que aguantara. *¿No te vas a venir?*, él le preguntó sin esperar respuesta. Al final él sí se vino e inmediatamente se durmió. Ella, sin embargo, se quedó mirando el techo y un frío intenso la recorrió desde el dedo gordo del pie hasta las puntas de su cabello. Aún con las mantas el frío la acuchillaba. Esperó, esperó a que dos horas después la alarma sonara. Ambos se levantaron, se vistieron y salieron. Ya afuera, ella aguardó por un taxi y lo vio marcharse apresurado hacia su trabajo. Antes de abordar su vehículo, él se volteó y le pidió que le enviara un texto cuando ella estuviera en camino. *En el taxi, camino a casa*, le escribió escuetamente. *Ok*, contestó él. Se dio cuenta que el frío aún la seguía recorriendo de punta a punta.

La Otra

Sí, es vulgar. Si le vieras el pelo. No creo que esa sea la mujer de su vida. Tú mi hija ni te inmutes. Tienes más valor que ella. Eso por supuesto. Si la vieras: con esos trajes cortados en formas de pico, con los flecos que le cuelgan entre las piernas; ese pelo pintado como con cinco colores, mal teñido, porque la verdad, la verdad, parece que el tinte se lo ha dado ella misma. Parece un espantapájaros. La pobre, esa no tiene idea de lo que debe ser la elegancia. No sé. Su ropa luce sacada de un mercado de pulgas. ¿Es que nadie le ha dicho a esa niña lo que debe ponerse? Y la cara, ay Dios mío, si le vieras la cara, parece un travesti. Sí, un verdadero travesti. Y no te rías que tengo razón. No sé qué le vio ese hombre a esa mujer. Porque si bien es cierto que tiene un cuerpo curvilíneo, de esos que les gustan a los hombres de estos predios, la muchacha luce vulgar, simplemente vulgar y punto...

El correo de Alicia terminaba ahí. No decía nada más. Lucía imaginaba los detalles, los colores del vestido y el pelo. La cadencia, si era que tenía, al caminar. La voz. ¿Cómo sería su voz? Había pasado poco tiempo desde que se había separado de Alfredo. Muy poco tiempo, a ella le parecía. Sin embargo él no tuvo reparos en buscar una sustituta a los pocos días de su partida. No era que Lucía se había planteado la ruptura, o quizás sí, cuando decidió largarse del país con destino a Nueva York, y él lo sabía, buscaba nuevos aires. Le asfixiaba ese ambiente de desidia, apatía, lo que fuera... Necesitaba salir, pero de ahí a dejarlo... Claro que esa decisión significaba una ruptura implícitamente...

Ahora le entraba un whatsApp. Era de Laura. Tenía que leerlo: *Ah mira, no te preocupes. No tienes nada que envidiarle a esa mujer. Tú eres una estrella al lado de esa elefanta, porque déjame decirte que parece una elefanta. Es más alta que él, casi puede comer en su cabeza, y usa unas minifaldas nada apropiadas para los eventos a los que asiste. ¿Es que esa muchacha no tiene dolientes que le aconsejen que ponerse? Tú ni pienses en eso. No sabes de lo que te libraste.*

No sabía qué le había querido decir Laura con ese comentario. La había dejado más ansiosa. Imaginaba a la mujer así, grandota, con unas piernas gruesas como columnas de una fundación. Fuerte, pero esbelta. Abdomen plano, senos sugeridos y la cintura bien marcada, curvilínea, que contrastaba con su protuberante trasero. El pelo, el pelo tendría colores rojizos, amarillentos, achocolatados, un arcoiris. Y su nariz, no sabía el porqué, se la imaginaba enorme, casi ganchuda, como la de un elefante.

Ella es vulgar. Eso no lo dude —agregaba Laura en su mensaje—. *Vive encima de él. No lo deja respirar. Con decirte que hasta se aparece con él en los lugares más increíbles. Qué sé yo. ¿No debería estar haciendo algo más esa tipa? Siempre está con él, le pega besos que le dejan los labios pintados en la mejilla, el cuello de la camisa, que sé yo. Esa tipa por lo visto no tiene clase.*

Era vulgar, sí, la imaginaba con ese desparpajo entrando a los lugares que Alfredo y ella frecuentaban, marcando territorio con sus pasos firmes montados sobre tacos puntiagudos y afilados, casi a punto de romperse de tan finos. Ella nunca podría usar esos zapatos, pensaba. Abriría los brazos, amplios, lista a mostrarse, a anunciar triunfante su nueva adquisición romántica. Le han dicho que a todos se los presenta y que el Alfredo no hace más que sonreír asintiendo. Ese pendejo. Nunca dice nada, aunque se esté muriendo. Él vive en su mundo de abstracciones. De seguro sonríe triunfante, triunfante de que lo vean con otra, y qué otra, porque Lucía se había largado y lo había dejado en esa isla rodeada de tiburones. Eso era lo que reflejaba, le decía su amiga Rosa en un mensaje de voz en el WhatsApp: *"Lucía me dejó y miren que mujerón me conseguí"*. Culo parado, tetas firmes y apuntando hacia el frente como un batallón listo a enfrentar al enemigo; pelo largo, entintado y camuflajeado, pero pelo al fin, que para mostrarse no hay que andar dando detalles de los afeites. ¿Quién lo adivinaría? *Solo que a ella, a esa vulgar, se le notaban las extensiones del pelo a leguas. ¿Era que no se daba cuenta esa tarada?*

Y qué hablaría, porque de algo tenía que hablar ella, o solo era imagen y nada más. Bueno, parece que sí. Era imagen y nada más. Eso se lo describió Manuela durante una visita que hizo a Nueva York: *"Él trataba de sujetarle el brazo y ella lo soltaba distraídamente, mientras miraba a todos lados por el verdadero hombre de sus sueños, quizás. Pero de hablar hablar únicamente abrió la boca para saludar y despedirse con una sonrisa de mujer que calla y otorga".* Él, por supuesto, muy orondo daría su discurso seguro de que ella siempre estaría de acuerdo. *Esa imberbe.* Él era el hombre más inteligente. Él era el hombre más educado. Él era lo máximo. Deberían darle el premio Nobel o algo así. Él era, simplemente, un genio. Sí, al parecer, para ella era lo más grande que había pasado en su plana y predecible vida. Eso por supuesto. Mientras él, claro, aprovecharía sus atributos, porque al final es el mismo hombre del montón a quien solo le importa un culo. Eso se lo había enrostrado Lucía una vez y él reía como si esa frase no lo tocara; él estaba por encima de los sudores, fluidos y emanaciones. A él no le importaba nada de eso. Él estaba en en el lugar de los sagrados, los especiales, los elegidos. Sin embargo al final dio lo mismo. Ahora andaba con esa vulgar que parecía su antítesis, pero que probablemente no lo era. *No te sorprendas, esa es quizás su complemento,* le comentaron en uno de los tantos mensajes que recibía. ¿Disfrutaría el sexo con ella? ¿Cómo serían sus encuentros amorosos? ¿La besaría más que a ella? Eso no importaba ahora. La imaginaba apasionada, tentándolo, provocándolo con juegos eróticos de pacotilla. Tenía que ser una perversa con una mezcla de cursilería, de esas que desparraman pétalos de rosas rojas sobre la alfombra para arrastrar a su presa hacia el lecho. Sí, se le notaba. La habían visto en un restaurante, en la zona reservada, la amiga que se lo contó no podía ver más que sombras a través de la cortina, pero oía su risa, la risa de ella, *esa elefanta que de seguro estaba coqueteando con el grupo de hombres que la acompañaban.* Él no estaba, por supuesto, y nunca sabría que ella estuvo ahí con otros hombres. *Era un cuero, una prostituta,* algunos decían que bailaba desnuda en clubes nocturnos. Strip tease girl. ¿Cómo él la había encontrado a ella? ¿Sería allí en uno de esos clubes? Quizás cuando ella salió del país y como premio de consolación algún amigo lo había llevado allí. Alfredo no era de esos que frecuentaban esta clase de lugares. ¿Sin embargo, no todo ha sido sorpresivo? La muchacha, el vestuario, la escandalosa presentación en público tras su partida. ¿De dónde había salido esa tipa? La sirena, la mujer barbuda, la bruja, la mujer-monstruo, la extraña, la desconocida, La Otra.

El timbre del teléfono la interrumpió de golpe. Era ella. La Otra. Tenía voz. Era una voz dura, seca. Sin embargo no fue su voz lo que le produjo un escalofrío. Era su noticia: *Alfredo tuvo un infarto y lo hemos traído a Nueva York. Está en el hospital. Desea verla.* Verla, había dicho. Ese tratamiento formal que le había dado La Otra significaba que la veía vieja, una señora más cercana a su madre que a la ex novia de su actual amante. Mas no había tiempo para pensar en esos detalles ahora. Lucía no supo como anotó los datos de donde se encontraban. Cuando colgó solo le quedó su voz, una voz que trataba de asociar a la vaciedad de ese ser humano que ella había construido. Iría al hospital a las tres de la tarde. La Otra estaría de seguro allí, parada a la cabecera de la cama. Vestiría un traje rojo sangre, sus característicos tacones altos y puntiagudos. Y el labio también rojo, rojísimo. Sería la máscara del mismo diablo. Ella, por su lado, vestiría de traje oscuro. Era más sobrio y quería diferenciarse grandemente de La Otra. Cuando llegó al hospital, así mismo fue: la encontró a la cabecera de la cama, aunque no vestía de rojo sino con paños oscuros. Un pantalón y una chaqueta. Llevaba el pelo recogido y se le notaba que había llorado. A Lucía le temblaba la voz y todo el cuerpo. No sabía cómo dirigirse a ella, a La Otra, la que ocupaba un espacio que hacía poco le pertenecía. La Otra habló primero. Obviamente la conocía. "Pase — dijo — Alfredo no puede hablar mucho. Está muy delicado". Sus maneras eran suaves y hasta tuvo el pudor de salir de la habitación un momento para dejar a Lucía sola con el que había sido hacía poco el amor de su vida. Por un segundo, Lucía pensó que se había equivocado de habitación.

Para adolescentes, premenopáusicas y especialistas de la salud

> *The great question… which I have not been able to answer, despite my thirty years of research into the feminine soul, is "What does a woman want?"*
> Sigmund Freud

Si le interesa saber cuál es la combinación perfecta para el suicidio de una mujer le aconsejo tomar en cuenta tres condiciones importantes que conducen a una depresión inminente. Estas son: vivir con adolescentes, premenopausia y soledad. Se lo digo yo, el Dr. Lucero, que tras arduas investigaciones en este campo, y darle seguimiento a la conducta de decenas de pacientes, he determinado que vivir bajo uno de estos condicionantes es altamente peligroso para la estabilidad de la mujer.

Tomemos el ejemplo de Marcela, una de mis pacientes. Divorciada desde los 35 años. Marcela actualmente vive con sus dos hijos de 17 y 19 años. Cuando se divorció sus hijos en ese entonces contaban entre 5 y 7 años. Ahora

Marcela tiene 47 y con el tiempo ha venido cargando una larga soledad y amargura. A pesar de que la falta de un marido es una de las principales causas de su retraimiento, no excluyo la posibilidad de que sus síntomas sean reflejos de su propia auto exclusión. A Marcela se le hace imposible encontrarse con alguien, debido a sus múltiples ocupaciones. Su vida gira entre los hijos y sus dos trabajos y, lo más importante, el sueldo apenas le alcanza para cubrir sus gastos mínimos. Eso sobre todo (a mí que no me vengan con cuentos de *Sex and the City* y que si Madonna o la Jlo o esto o lo otro. Esos no son más que *fairy tales* en los que mujeres como Marcela no entran ni como personajes secundarios). Así que con este panorama la depresión de Marcela ha ido calando poco a poco su ánimo, al extremo de que hoy tuve que medicarla.

Hoy estuve en el consultorio del Dr. Lucero. No creo que él sepa lo que está haciendo. Ahora dice que tengo que tomar tranquilizantes para dormir. Y no quiero, a pesar de este peso inmenso que siento sobre mi pecho y que solo calmo cuando me restriego contra las sábanas para luego terminar rendida, con un dejo de frustración y la certeza de que me esperan las obligaciones. Esta es la escena: el fregadero hasta el tope con vasos, platos y ollas que se apilaban sin que nadie, nadie, se apiadara absolutamente de ellos. Sus hijos preferían tomar agua en tazas, platos, cucharas y en último caso las manos antes que fregar uno de aquellos utensilios. Entonces ella, la madre, irrumpía como un toro en la arena y fregaba, fregaba, fregaba, mientras una letanía de quejas salía de sus labios con distintos tonos y registros. Siempre era lo mismo, que si ustedes no ayudan, que si estoy sola, que por qué no me muero aquí mismo de un ataque al corazón, sí, rápido, una muerte firme, contundente y rápida, así quería irse. Aunque la verdad era que solo quería acostarse, cerrar los ojos en un cuarto blanco, blanco como una tumba silenciosa, y cerrar los ojos y dormir; dormir, hasta que la despertara esa energía que tanto necesitaba y aclamaba, una luz, una vibración o quizás unas manos que se deslizaran entre sus muslos y la acariciaran hasta hacerla dormir de nuevo. Entonces, pensaba, despertaría más fresca, más ella, y quizás hasta sonreiría a esos engreídos muchachos que solo se dirigían a ella para exigirle, exigirle, nada más.

El taxista

Aquella mañana lucía como cualquier otra, pero no, no fue así, surgieron algunos imprevistos que la llevaron por distintos caminos a los que solía tomar todos los días. Ese día, incluso, se dio cuenta de que algo muy profundo la había cambiado. A ella, que siempre se caracterizó por su mal genio y poca paciencia. Había salido de su casa a las 5:15 de la mañana hacia la estación del metro, como de costumbre, y llegó allí en cinco minutos. Algunas personas que esperaban en el andén lucían cansadas y parecían frustradas de esperar. Esto era una buena señal. El metro seguro llegaría en cualquier momento, pensó. Sin embargo no fue así. Su error fue esperar hasta el último minuto para decidirse a buscar un taxi o caminar hacia la estación que la conectaría al tren de Long Island, lugar donde trabajaba. Un poco nerviosa y apresurada salió hacia la calle con la esperanza de alcanzar un taxi. La luz del día tímidamente hacía su entrada con algunos tonos rojizos que se confundían con la luz de las bombillas. Caminó por las calles semi oscuras de aquel barrio tranquilo de Queens que no daba señales de despertarse aún. Caminaba, se detenía, dudaba, finalmente llamó un Uber que luego canceló porque pensó tardaría mucho y luego, otra vez, empezó a caminar. El autobús apareció de golpe en la casi desolada avenida y ella corrió hasta alcanzarlo en la próxima parada. Con suerte conectaría con la estación del tren que la pondría en camino hacia la isla larga. *Ando como haciendo círculos*, pensó un poco tarde. En ese momento se convenció de que no alcanzaría el tren y de que se vería forzada a llamar a su trabajo. No obstante continuó la marcha. Cuando llegó a la estación, dispuesta a abordar el próximo tren, escuchó por el altoparlante que uno salía en ese justo momento hacia un pueblo que le quedaba en ruta y cercano a su trabajo. Sin dudar más entró corriendo al vagón y se sentó de golpe. Mientras recuperaba el aire por el esfuerzo de la carrera, intentó decidir cuál sería la mejor opción para llegar a tiempo, otro autobús, taxi… Si tomaba el autobús a lo mejor tendría que hacer tres o cuatro conexiones para llegar a su destino final. A pesar del precio se decidió por la última opción. Era más directo y se evitaría mayores inconvenientes. Ya había tenido bastante por hoy para sumar los gritos de la señora de la casa donde trabajaba de lunes a viernes.

A su llegada, en la parada de taxi muchas personas esperaban en fila. Pensó que tardaría mucho tiempo y que hoy definitivamente no era su día. *Where are you going?*, la interrumpió la voz de un taxista que de inmediato la mandó a entrar al carro donde ya había dos mujeres que iban también en esa misma dirección. No había contado con ese desvío. Tendrían que llevar a las dos pasajeras primero antes de continuar su ruta. Los minutos pasaban mientras su vista se paseaba por una hilera de casas donde el único ser vivo que asomaba eran los jardincitos con sus azaleas y tulipanes bien cuidados rodeados de un césped recién cortado. Se aburría de tanta uniformidad y se concentró en escuchar al taxista que no había parado de hablar desde que entraron al carro. Las demás pasajeras asentían y reían de sus comentarios. No había espacio para contestarle o refutarle nada.

El taxista era un hombre blanco, de mediana edad, de esos que quizás catalogan como *white trash* o *losers* porque no son propietarios de una de esas casitas que enfilaban el paisaje de los Long Islander. A pesar de que su monólogo estaba salpicado de chistes, este no dejaba de ser cortés y caballeroso. Se jactaba, decía, de que tan temprano en la mañana cargara con tres damas en su carro. "It is awkward that you all are from the Caribbean", exclamaba sorprendido de que aquellas tres mujeres negras provinieran de Dominica, República Dominicana y Jamaica. "Wait, Dominica, Dominican Republic… Yes, Haiti! Beautiful beaches, hot, very hot. A friend of mine was in Punta Cana last year, beautiful", añadía con jolgorio y ya se imaginaba bajo los cocoteros. Lo que a ella sí le parecía *awkward* era como el Caribe convergía en aquel carro conducido por un hombre blanco en las vías de Long Island.

Luego de haber dejado a las dos primeras pasajeras el taxista se preguntó cuál sería la mejor ruta para llevarla a su destino y, sin esperar respuesta, tomó la ruta 495. En ese momento ella notó que el taxista tenía un ligero ataque de asma. Esto la asustó un poco. ¿Qué debería hacer? ¿Y si el taxista perdía el control? Él de pronto sacó un inhalador del bolsillo de su camisa y se dio dos inhalaciones. Saberlo medicado la alivió. No obstante, ella comprobó lo que ya había sospechado a través del soliloquio del taxista, este era un hombre muy ansioso. Hablaba sin parar, a pesar del asma no se callaba, seguía hablando como al principio. Y para colmo decía que iba un poco preocupado porque el sol le daba de frente y le impedía ver las señales de las salidas. Empezó a sentirse insegura. Sus ojos manejaban junto con él. Trataba de imaginar si en el siguiente trayecto entrarían a una curva o pendiente. Para calmarse —no quería que el taxista notara su nerviosismo— ella entonces empezó a leer las señalizaciones. No quería perderse o tomar la ruta equivocada.

Sabía un poco de español —irrumpió el taxista—, tomó clases en la secundaria. De inmediato empezó a tararear la canción de los días de la semana. Al entonar el canto se entusiasmó un poco, como si la juventud perdida se le hubiera devuelto de pronto. Comentó a seguidas que las mujeres hispanas, sobre todo las dominicanas, cuidaban mucho su apariencia y mientras lo decía se tocaba la cara como modelándola. Señalaba que el pelo era así, o sea *planchadito. Y son muy educadas. Los hispanos son humble,* le gustaban los hispanos. *Los únicos que no me gustan son la gente del Medio Oriente.* Ella se ponía un poco incómoda con estos comentarios, aunque no quiso entrar en detalles. Lo que más le importaba era llegar a su destino y le hubiera gustado tener un poco de silencio. Y es que no obstante su mañana tan accidentada ella ahora estaba calmada, convencida de que había tomado la mejor decisión. Iba a llegar a tiempo. El taxista seguía hablando, ahora ella no recordaba de qué. En la salida hacia su ruta, otro chofer le gritó *fuck you,* mientras gesticulaba con las manos y, al mismo tiempo, aceleraba. El taxista entonces pasó a explicarle a ella porqué había reducido la marcha: *Yo solo quería estar seguro de que era la salida, mira, yo lo voy a alcanzar para decírselo, y además me llamó gordo* —esto lo decía mientras se tocaba la barriga. *Yo era un buen tipo, nunca me faltaron las mujeres.* Se notaba agitadísimo. De la guantera sacó un cepillo y empezó a peinarse el poco pelo que le quedaba. *Me dijo gordo* —repetía— *a mí, me dijo gordo. Tengo que decirle algo, no puedo quedarme así.* Aceleró y alcanzó al otro chofer, un joven de barba que se sorprendió de ver al taxista nuevamente parado paralelamente a él. El taxista entonces le gritó *go fuck your mother*, y tú me dices yo te digo. Ella empezó a asustarse, temiendo que alguno sacara un arma y disparara –*imagínate, y yo aquí en medio de esta discusión en la que nada tengo que ver, a las siete de la mañana, aquí quedó*, pensó, y ya se imaginaba en los titulares: "Taxista y pasajera hispana muertos en un intercambio de disparo en la ruta 97 de Long Island" –. Ella no se atrevía a intervenir siquiera para apaciguar los ánimos, sentía que el taxista tenía que decir todo lo que estaba diciendo ahora. El otro chofer continuó su marcha y lo dejó hablando solo. El taxista entonces se percató de que ella había estado ahí todo el tiempo. *I am sorry madam. You seem to be a nice lady, but I had to get this out of my system. You are so a calm person.* Y la pasajera: *It is okay, eso pasa y no crea que yo soy tan calmada. Yo también pierdo mis cabales.* El caso es que otro episodio empezó de nuevo. Esta vez el taxista le decía que el destino la había puesto en su camino para él aprender a manejar sus emociones. Ella lo miraba sorprendida. Él seguía reconociéndole e insistiéndole a ella sus dotes de auto control. Ya casi llegando a su destino, el taxista se volteó, la miró y le dijo: *You are a beautiful lady. Now I realize this. You have a nice feature*, y volvía a tocarse la cara. Gracias, le contestó ella escuetamente pero de manera cortés. Después de todo había llegado a su destino final y aquel hombre, que se llamaba Lorenzo, le había dado pena y hasta un poco de ternura con su persistente añoranza de un pasado irrecuperable, el de conquistador.

Presencia

Lo sabía allí y él también estaba seguro de que ella lo seguía a través de las fotos y comentarios que navegaban en esa burbuja en la que se había convertido el Facebook. Comentarios pueriles, frases hechas, clisés, a veces aciertos y reflexiones que se desvanecían entre el pensamiento y los dedos presurosos por alcanzar todas las noticias de los cientos de amigos y conocidos que se paseaban por esa red virtual y casi sin querer. A veces desganados, impulsados por la fuerza de la inercia; otras eufóricos, cuando creían alcanzar el cénit en sus aburridas vidas, monótonas, solitarias y vacías.

Lo sabía allí, agazapado como ella, en esa pantalla que no daba respuestas, que a veces la invitaba a ver un video en Youtube, una película en Netflix, a leer un artículo que casi nunca terminaba o a revisar los cuatro correos que tenía –no, déjame ver, eran seis, pero los otros dos los revisaba poco porque la mayoría de los correos traían informaciones generales, invitaciones a lugares y actividades donde nunca asistiría porque estaban en otro continente, en otra isla, en otro país–.

Lo sabía allí, cuando la columna de la derecha registraba que alguien le había comentado un post, entonces ella inmediatamente iba y abría su muro para leer, para enterarse, y a veces se atrevía a más: abría el muro del comentarista e investigaba quién era, de dónde venía, qué tipo de relación tenía con él. Si se daba el caso de que el comentario viniera de una mujer su investigación incluía el estado civil, y un minucioso análisis de todas las fotos e historia de la osada que se había atrevido a hablarle a él. Ese exhaustivo recorrido por el Facebook de desconocidas abarcaba desde que estas habían abierto su cuenta y en ocasiones se extendía a la lista de sus amigos. La columna de la derecha le producía mucha ansiedad, sobre todo porque la obligaba a volver atrás constantemente para conectar y construir una historia en relación a los comentarios más recientes y entonces, muchas veces, perdía los mensajes entrantes.

Lo sabía allí, aunque regularmente ella no se ponía visible en el chat, no le gustaba que la interrumpieran, quizás si fuera él, pero no, él nunca lo hacía. Ahora bien, la mirada de esa lucecita verde que le indicaba su presencia le producía un efecto entre excitante y tranquilizador. Así que se ponía visible. Esperaba uno, dos, tres minutos y nada. Entonces su piel se erizaba de solo pensar que podría tocar su nombre con el cursor. ¿Haría él lo mismo? ¿Sentiría esa ansiedad que ella sentía? Por qué no le hablaba, se preguntaba, bastaría solo una frase, un hola casual que rompería el hielo y esa angustia cibernética de no saber si él estaba ahí presente. ¿Y si a lo mejor había dejado el Facebook abierto y andaba por ahí? Este pensamiento la descolocaba aún más.

No, lo sabía allí, al acecho como los demás, temeroso de mirarse y ser mirado, de expresarse y ser reconocido. Sí, lo sabía allí, así como ella, líquida, inaccesible, inmediata. Una frase más que se perdía a cada instante en ese destilar de voces que atropelladamente desfilaban por la red. Seguiría esperando.

Yo no la maté

Y ahora estoy aquí esperando a que me crean. Yo no la maté. Lo juro. Solo fue que ella se me atravesó en la calle en el justo momento en que pasaba. Y tenía que ser ella. La amante de mi marido que se me atravesara justamente un domingo por la tarde, cuando me disponía a escuchar la ópera Carmen, tomarme un buen vino blanco de sudorosa botella, que sacaría del congelador para pegarlo a mi cara, a esa cara que ha sufrido tanto y las gotas de agua correrían por mis mejillas ansiosas de extenderse con la risa, esa risa que no viene a pesar de mis esfuerzos por conseguirla en el bar junto a mis amigos y aquellos que no lo son tanto. Pero ahora quiero que me crean. Yo no la maté. A pesar de mi pelo arreglado para fiesta, mi vestido primaveral que muchos dicen fue dejando un olor a gardenia a mi paso e incluso que algunos pétalos volaron hasta la plaza y se quedaron allí, en constante remolino, hasta la misa de cinco en que las beatas recordaron su época de pedidos de manos y de valses. Yo no la maté. Solo quiero que me crean. Ella estaba allí enfrente. Cruzaba la calle en completo éxtasis. Ella no pensaba. Era una pompa de jabón perdida que nadie tocaba. Solo yo, a causa de mis frenos ruidosos que no se detuvieron. No se detenían. Lo juro. Ella me miró con sorpresa, con aire de la que no quiere creer lo que está pasando. Su juventud entonces me llenó de espanto. Y no pude dejar de preguntarme, únicamente eso, si esa no sería su cara cuando se dejaba ir con mi marido. Solo eso. Lo juro, yo no la maté. Aunque hubiera querido. Ganas no me faltaron. Pero antes, en ese momento no. Me esperaba Carmen, el vino…. Pienso que ni aunque lo hubiera planificado…. Pero no lo hice. Lo dije: yo no la maté.

Testamento de una suicida

A los cuatro años supe que me iba a suicidar. Nadie me lo dijo, pero lo sentía cuando peinaba a las muñecas que nunca me gustaron porque me parecían frías y sin sentido. Prefería las mariquitas, aquellas, las de papel, que se movían flexiblemente entre mis dedos y que empezaron desde entonces a inventar mis sueños.

Mis gritos en las madrugadas me anunciaban días de terror. Las noches, pensaba, se hicieron para el juego. Me encantaba –y todavía– sentir que trastocaba el tiempo, que la noche era una cinta larga a la que envolvía a mi antojo. La gente grande sentía que algo malo me sucedía y entonces acudía al chantaje. Pobrecitos, tan grandes ellos. Que si te portas bien te vamos a comprar helado, que vendrían a jugar mis primos. En mi mente infantil portarse bien no tenía espacio. Para los grandes era sinónimo de no cantar por las noches mientras estaban en la cama; no llamar al diablo en esas medianoches terroríficas; no, no y no. Pero el tiempo fue creciendo conmigo dentro y el dolor surgió más remoto, más dolor. Ya era adulta. El sentido me asustó. Y me asusté despierta, cuando la sombra de mi cuerpo largo se dibujó en el cemento gris que nos servía de piso. Toqué mis manos esperando la pequeñez de mis dedos, pero estos eran largos y dibujaban círculos de aire. Mi pubis tenía pelos también y las axilas, que antes levantaba sin miedo, ahora las cubrían unos vellos largos y negros. ¿Había cambiado mi yo por dentro?, me preguntaba en la noche grande y desierta. Pero ese misterio silencioso de la oscuridad se negaba a responderme. Temerosa de mis sueños, que venían de adentro, despertaba las horas. Entonces mi madre me gritaba con esa cara de tragedia que ponía en cada circunstancia que me daban ganas de reír.

Mi madre era una mujer "sufrida", como decía ella. No había tenido niñez, juventud ni luna de miel. Qué pena, ¿verdad? A mi padre lo recuerdo como una casa torcida y triste, pero que guardaba dentro cosas inimaginables. En mi familia éramos cuatro, no, cinco: mis padres, una hermana mayor, un hermano menor y yo (el anticristo) que desde que caí en el vientre de mi madre solo la hice sufrir y le traje tantos sinsabores, y que si me vas a matar lentamente con cuchillito de palo, y que tal vez mañana no amanezca viva. Mi madre tenía una obsesión con la bendita muerte. Todas la noches, recuerdo, mientras estábamos sentados en el comedor ella decía: "Si me muero yo le debo a fulano, perensejo me tiene que pagar tanto, ese plato es de donde Josefa, no dejen lozas sucias ni la casa porque uno no sabe cómo va a amanecer mañana". Para ella, la transición de la noche a la mañana tenía algo de grandioso, trascendental, algo ocurriría siempre.

La verdad es que yo tenía miedo de perder a mi madre. Por eso, cada noche mientras ella dormía iba a su cuarto para asegurarme de que respiraba. A veces ella despertaba y era cuando me regañaba por andar mirando a esas horas. No entendía nada. Nunca entendí tampoco. Todo sucedía demasiado rápido para mis pocos años. Pero ahora no les cuento esto para que tengan compasión de mí y detengan mi suicidio. Quiero morir y eso es suficiente para un ser humano. Mañana me levantaré ausente del mundo. El sol anunciará el día pero no querré despertar; la noche volverá a mis ojos que se abrirán para buscar el silencio, las sombras, los ronquidos del miedo y esa luna que se colará por la ventana y me vestirá de luceros. Ahora la tierra me espera. Negra y profunda me espera. Allí estaré cuando olvide mi último aliento.

La palabra

El claqueo de la mecedora en el piso de madera dejábase escuchar por toda la casa; era el aviso de que ella estaba allí. De seguro con su manta sobre las piernas y un libro; el mismo libro que nunca se cansó de hojear y leer. Sus ojos clavados en las palabras y sus oídos con un llanto lejano y ardiente. Cuentan que un día quedó atrapada con una palabra entre los dientes que jamás llegó siquiera a mascullar. La gente del pueblo la extrajo con tal sigilo que su boca quedó en la misma posición y, cuando vieron la palabra, todos quedaron cegados.

Epílogo

Cuando en abril de 1982, Zaida Corniel obtuvo, a sus 16 años, el primer premio de narrativa del concurso del Ateneo Minerva Mirabal de su natal Salcedo, con el cuento "Recuerdo después de la muerte", el presidente del jurado, el crítico Manuel Mora Serrano declaró del texto que era muy original y de ella que, *"no trabaja con facilidad ni como novelista rosa, sino con gran preocupación temática"*.

Décadas transcurridas, leo las once piezas narrativas que integran el primer libro de cuentos que ella saca a la luz, *Cuentos para adolescentes, premenopáusicas y especialistas de la salud*, y confirmo que esa preocupación sigue siendo una constante en el hacer de esta singular escritora dominicana, periodista, dramaturga y actriz.

En efecto, en esta colección de cuentos la autora enfrenta al lector sin tapujos ni remilgos, con temáticas tan actuales, complejas, universales y eternas en la literatura como la vida y la muerte, en todas sus variantes, a través de los sentimientos confrontados de las protagonistas, en rituales tan comunes y diversos, como una boda, en cuyos instantes previos, una joven mujer descubre y asume a gritos su identidad, en un entorno de prejuicios y diferencias sociales remarcados por un sistema dictatorial ("De apellidos, sapos y puercos"); la visita de fin de semana de una amiga, antigua compañera de estudios, desatará en la protagonista la frustración existencial y el asco en que la ha sumido la rutina de lo doméstico - familiar ("Salsa de camarones al ajillo"); una cita de amantes en un hotel, ("París suite"); un cara a cara con el objeto de los celos: ("La otra" y "Yo no la maté"); o la soledad y angustia cibernética ("Presencia"); en procesos de construcción-desconstrucción-autodestrucción, de las relaciones humanas que son el signo de los tiempos.

Con esto no pongo en sobre aviso al lector genérico, puesto que no basta con el de qué se cuenta, sino el quién y el cómo cuenta. Y en tal sentido, estas voces narratorias, de mujeres que en primera persona, relatan unas veces de manera intensamente contenida pero otras desbordadas en catarsis, que nos recuerdan a la Corniel dramaturga y actriz que nos hizo llorar y reír con su obra *De mujeres* y *Ay Fefa, Where is The Wind* (1994) [1].

---

[1]   *La autora actuó en ambas piezas. De mujeres fue dirigida por Claudio Mir y representada en varios escenarios en los Estados Unidos y República Dominicana. Ay Fefa, Where is The Wind se presentó en el Dance Theater Workshop (DTW) de la ciudad de Nueva York, en septiembre de 1994, bajo la dirección de George Emilio Sánchez.*

Es válido decir que con el cuento "París suite" y otros relatos, acierta su autora y, de una vez por todas, ancla su historia y devenir como una narradora hija de la América caribeña, donde la Ciudad Luz, el París de las vanguardias artísticas, es un secular referente histórico, literario, político y cultural, de resonancias hondas y flotantes... Carpentier es el ejemplo por antonomasia, pero sigue dándose en una mujer madura de hoy, cuya pasión literaria la lleva a buscar entornos ideales para *literarizar* en sus cuentos, y escoge el más estereotipado, decadente y kitsch hotel, para un encuentro de amantes. *"Pero estamos en París"*, justifica, a sabiendas de que no hay en su frase, una pizca de verdad. Estamos frente a un mecanismo propio de la metaficción, toda vez que darle voz a protagonistas que escriben, tema que ya sentó sus reales en el segundo, paródico relato, "El espaldarazo", es una vía eficaz para tratar el tema de la creación femenina, en que se exponen las dificultades, amenazas y limitaciones con que la mujer creadora se enfrenta. "Es una manifestación de la postmodernidad que desestabiliza la noción de verdad absoluta, y que muestra la manera en que se construye la ficción" (Rosell, 2007).

Si en el primer cuento el espacio juega un papel significante: nunca pasar a los aposentos; *"Saquen a ese viejo de aquí, y al puerco en puya tírenlo frente a su casa"*, la voz narrativa, *"Sentía que las palabras le almidonaban la lengua que luchaba por moverse, por decir la palabra justa, adecuada"*, mas al cierre del cuentario, el tiempo es un secreto *leiv motif*, pues con su micro relato "La palabra", la narradora innata que es Zaida Corniel, *"la que temerosa de los sueños que venían de adentro, despertaba las horas"*; la que pone en voz de una de sus protagonista: *"Me encantaba —y todavía— sentir que trastocaba el tiempo, que la noche era una cinta larga a la que envolvía a mi antojo"*; da un definitivo y definidor carpetazo a un tiempo, a unas etapas de evolución personal y a una narrativa femenina dominicana que se afirma en la tradición y en los valores latinoamericanos, pero que ya se des- atragantó y emerge, única, fuerte, reveladora y esplendente.

Emelda Ramos

Narradora e Investigadora

www.ingramcontent.com/pod-product-compliance
Lightning Source LLC
Chambersburg PA
CBHW020732250626
47155CB00006B/2261